VENTE DU MERCREDI 2 DÉCEMBRE 1891

HOTEL DROUOT, SALLE N° **8**

à deux heures

TABLEAUX

MODERNES ET ANCIENS

EXPOSITION PUBLIQUE

LE MARDI 1ᵉʳ DÉCEMBRE 1891

De 1 heure 1/2 à 5 heures 1/2.

<table>
<tr><td align="center">COMMISSAIRE-PRISEUR</td><td align="center">EXPERT</td></tr>
<tr><td align="center">Mᵉ PAUL CHEVALLIER</td><td align="center">M. EUG. FÉRAL, peintre</td></tr>
<tr><td align="center">10, rue de la Grange-Batelière, 10</td><td align="center">54, Faubourg-Montmartre, 54</td></tr>
</table>

HOMO
ADDITVS
NATVRÆ
IMPRIMERIE DE L'ART.

CATALOGUE

DE

Tableaux modernes

ET ANCIENS

ŒUVRES DE

Bail, Berthon, Boudin, Chaigneau, Chintreuil, Corot
Deshayes, Isabey, Ad. Moreau, Muraton
Ochoa, Petitjean, Richet, Troyon, Watelin, etc.

Important Dessin de Verboeckoven

DONT LA VENTE AURA LIEU

HOTEL DROUOT, SALLE Nº 8

Le Mercredi 2 Décembre 1891

à deux heures

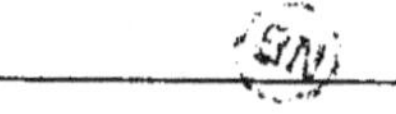

Mᵉ PAUL CHEVALLIER	**M. EUG. FÉRAL, peintre**
COMMISSAIRE-PRISEUR	EXPERT
10, rue de la Grange-Batelière, 10	54, Faubourg-Montmartre, 54

Chez lesquels se trouve le présent Catalogue

EXPOSITION PUBLIQUE

Le Mardi 1ᵉʳ Décembre 1891, de 1 heure 1/2 à 5 heures 1/2

CONDITIONS DE LA VENTE

Elle sera faite au comptant.

Les acquéreurs payeront en sus des enchères *cinq pour cent*, applicables aux frais.

Paris. — Imprimerie de l'Art. E. Ménard et Cⁱᵉ 41, rue de la Victoire.

Désignation

TABLEAUX MODERNES

1 — BAIL (Joseph). *Le Déjeuner.*

2 — BALLIÈRE. *Le Pot d'azalées.*

3 — BALLYON (De). *Jeune Femme en costume Louis XV.*

4 — BERTHON. *Paysanne faisant du tricot.*

5 — BOUDIN. *Marine.*

6 — BRAKELLER (Genre de). *Le Repos de la Vierge.*

7 — BRUNER-LACOSTE. *Paysage.*

8 — CAUCHOIS (H.). *Pêches dans un plat et chrysanthèmes.*

9 — CHAIGNEAU (F.). *Berger et moutons au bord d'un lac.* Soleil levant.

10 — CHAIGNEAU (F.). *Moutons dans les rochers; forêt de Fontainebleau.*

11 — CHINTREUIL. *Environs du lac de Côme.* Signé à gauche.

12 — CICERI (Eug.). *Bords de rivière, au soleil couchant.*

13 — COLIN (Paul). *Sentier sous bois ; effet d'hiver.*

14 — COROT (C.). *Portrait d'homme, assis et vu jusqu'aux genoux.* Signé et daté 1833.

15 — COURANT (Maurice). *Les Rochers d'Étretat.*

16 — COURANT (M.). *Environs d'Étretat.*

17 — DAMOYE. *Vue de Concarneau.*

18 — DELAROCHE (Attribué à P.). *Portrait de jeune femme vue jusqu'à la ceinture.*

19 — DELIERRE. *Italienne au repos.*

20 — DELPY. *Paysage ; effet de neige.*

21 — DESHAYES (Eug.). *Vue d'Ingouville, près le Havre.*

22 — GARRIDO. *Environs d'Étretat.* Étude.

23 — GROISELLIEZ (M. De). *Pâturage aux environs de l'Ile-Adam.*

24 — HAGEMAN. *Vue prise au bord de la Seine.*

25 — HUGUENIN (P.). *Portrait d'un écrivain.*

26 — ISABEY (Attribué à Eug.). *Saint Évêque en contemplation.* Signé.

27 — ISABEY (Attribué à Eug.). *Chez l'armurier.* Aquarelle.

28 — LALANNE (M. G.). *Le Vieux Moulin de Charenton.*

29 — LAPOSTOLET. *Canal traversant un village.* Étude.

30 — LAZERGES (H.). *Le Retour au logis, le soir.* Étude.

31 — LECLAIRE. *Fuchsia et fleurs des champs dans un vase en faïence.*

32 — MOREAU (Adrien). *Intérieur, au Moyen-Age.*

33 — MOREL-FATIO. *Marine par un temps d'orage.*

34 — MURATON (Mme Euph.). *Fleurs de grenadier et azalées, dans un verre.*

35 — MURATON (Louis). *Le Jardin.*

36 — OCHOA (R. de). *Le Lever.*

37 — OCHOA (R. de). *Sur la plage.*

38 — OCHOA (R. de). *L'Avenue du Bois de Boulogne.*

39 — OCHOA (R. de). *La Promenade du matin.* Pastel.

40 — PARISY (Eug.). *Pêches et raisins.*

41 — PARISY (E.). *Fleurs des champs, nid d'oiseaux, etc.*

42 — PETITJEAN. *Vue aux environs de Nancy.*

43 — RAFFORT (E.). *Les Vendangeurs.*

44 — REGNY. *Au bord du golfe de Naples.* Étude.

45 — RICHET (Léon). *La Baigneuse.*

46 — SERRES (Antoni). *La Promenade.*

47 — SERRES (Antoni). *Au bord du lac.*

48 — SUTTER. *La Baie de Naples.* Dessin à la plume.

49 — THOM (Napoléon). *Le Corps de Vanneau, élève de l'École polytechnique, tué le 28 juillet 1830, promené par le peuple.*

50 — TROYON (C.). *Les Moissonneurs; effet de soleil couchant.* Belle et vigoureuse étude.

51 — VERBOECKHOVEN (Eug.). *La Bergerie.* Beau et important dessin, au crayon noir, rehaussé de blanc. Signé à gauche et daté 1872.

52 — VERNIER (Émile). *Bateaux de pêche ensablés.*

53 — WATELIN. *La Sortie de la ferme.*

54 — ÉCOLE MODERNE. *La Mort de sainte Agnès.*

55 — ÉCOLE MODERNE. *Femme couchée.*

56 — ÉCOLE MODERNE. *Rivière avec laveuses.*

57 — ÉCOLE MODERNE. *Cours de fermes.* (Deux pendants.)

58 — Monogramme *P. V. D. Berger et animaux au repos.*

59 — Monogramme *E. M. Cerf sous bois.*

60 — Monogramme *G. F. Soleil couchant dans la forêt de Fontainebleau.*

TABLEAUX ANCIENS

61 — BERKHEYDEN (Genre de). *La Grande Place de Harlem.*

62 — BILCOQ (Genre de). *Enfant jouant avec un chat.*

63 — BRANDT. *Paysages et animaux.* (Deux pendants.)

64 — BRUANDET. *Vue prise dans le Bois de Boulogne.*

65 — CANELLA. *Le Passage de la diligence.* Signé et daté 1830.

66 — CERQUOZZI (Michel-Ange). *Fruits, singe et perroquet.* Vigoureuse peinture de l'artiste.

67 — COYPEL. *Jeune Femme prenant une branche d'oranger.*

68 — DUPLESSIS. *Villageois et soldats en voyage; effet de neige.*

69 — FRAGONARD (Genre de). *L'Amour vainqueur.* Toile de forme ovale.

70 — GREUZE (D'après). *La Fille surprise. Les Œufs cassés.* (Deux pendants.)

71 — HONDEKOETER (Attribué à). *Oiseaux de basse-cour.*

72 — KERTFURT. *Chocs de cavalerie.* Vigoureuses peintures de l'artiste. (Deux pendants.)

73 — LAGRENÉE (Genre de). *Sénateur romain envoyé en exil.*

74 — MIEREVELT (Genre de M.). *Portrait de femme, richement vêtue.*

75 — MOLENAER. *Le Concert rustique.*

76 — MONNOYER (Genre de Baptiste). Trois dessus de portes, de forme cintrée : *Fruits et fleurs dans des vases.*

77 — RIGAUD (Genre de H.). *Portrait d'un maréchal de France.*

78 — SALVATOR ROSA (Genre de). *Attaque de brigands.*

79 — SCHOEVAERDTS. *Paysage avec monument en ruine et personnages.* Petit tableau sur bois.

80 — SWAGERS. *Paysage coupé par une rivière, avec figures et animaux ; soleil couchant.*

81 — VOUET (D'après Simon). *La Mort d'une sainte.*

82 — WIT (De). *Piédestaux avec amours.* Grisailles. (Deux pendants.)

83 — ÉCOLE HOLLANDAISE. *Arbres au bord d'une rivière.* Genre de Ruysdael.

84 — ÉCOLE HOLLANDAISE. *Fleurs dans un vase.* Petite peinture sur cuivre.

85 — ÉCOLE HOLLANDAISE. *Le Christ au Calvaire.*

86 — ÉCOLE HOLLANDAISE. *Marine.*

87 — ÉCOLE ITALIENNE. *L'Enfant Jésus entouré de chérubins.* Cuivre de forme ovale, dans un cadre sculpté.

88 — Sous ce numéro seront vendus quelques tableaux non catalogués.

SUPPLÉMENT

89 — BAUD BOVY (A.). *La Maison de campagne. Étude.*

90 — BRAMER (Léonard). *Archimède.*

91 — CARAVAGE (Michel-Ange, dit le). *Sainte Madeleine en prière.* Large et vigoureuse peinture.

92 — CHRISTOPHANUS (d'Utrecht). *La Sainte Famille.* La Vierge est assise, tenant sur ses genoux l'Enfant Jésus qui donne la main au jeune saint Jean. A droite, saint Joseph. Fond de paysage. Tableau très intéressant, peint sur bois.

93 — COSTER (Mme Vallayer). *Fleurs dans un pot de terre.*

94 — DAUMIER (H.). *La Pénitence.* Dessin à l'encre de Chine. Signé.

95 — DOMINIQUIN (Attribué au). *Saint Jean.* Figurine de grandeur naturelle, à mi-corps.

96 — DOMINIQUIN (Attribué au). *La Vierge en prière.* (Pendant du précédent.)

97 — GUARDI (Attribué à F.). *Vues de Venise.* (Deux pendants). Gouaches. Au verso, la signature de l'artiste.

98 — JORDAENS (Jacques). *Andromède.* Bonne peinture, riche de coloris et de modelé.

99 — LEPRINCE (Xavier). *Paysage.* Effet de neige. Étude.

100 — LESSORE (Louis). *Bohémiens au repos.* Esquisse signée.

101 — MARILHAT (Genre de). *Dromadaire au repos.*

102 — MOLYN (Pierre). *Paysage avec cours d'eau.* Panneau de forme ronde.

103 — PARIS. *Animaux dans un paysage.*

104 — PINCHART (E.). *Jeune Femme tenant un éventail.*

105 — REDGRAVE (R. A.). *Terrains éboulés, avec plantes et arbustes.*

106 — RIBERA (Jiusepa de). *Saint Paul.* Vu en buste, tenant une épée. Vigoureuse peinture du maître.

107 — RICKAERT (David de). *L'Alchimiste.*

108 — RICCI (Sébastien). *Alexandre et les femmes de Darius.*

109 — ROYBET. *Portrait d'un cardinal.* Dessin au crayon noir et sanguine.

110 — VÉLASQUEZ (Attribué à). *Portrait d'homme.* La tête de trois quarts, cheveux grisonnants et petites moustaches. Vêtement noir.

111 — WATTEAU (Attribué à Ant.). *Les Deux Mendiants.*

112 — ÉCOLE ANGLAISE. *Portrait d'homme couvert d'un manteau rouge.*

113 — ÉCOLE FRANÇAISE. *Bélisaire.* Vigoureuse esquisse.

114 — ÉCOLE HOLLANDAISE. *Portrait d'un magistrat hollandais.*

115 — ÉCOLE ITALIENNE. *Portrait d'un gentilhomme.* Coiffé d'une perruque retombant sur ses épaules.

116 — Sous ce numéro, qui sera divisé, environ quinze pièces : peintures, dessins et gravures.

117 — *Femme accroupie.* Figurine en marbre, par Rodin.

www.ingramcontent.com/pod-product-compliance
Lightning Source LLC
LaVergne TN
LVHW021101050726
842519LV00005B/1775